DOÑA LUNA

recontado por
Marianne Mitchell

Sundance Publishing

Hubo una vez
en la que la luna
siempre era llena y redonda.
Mientras las estrellas bailaban
en los cielos, Doña Luna
bañaba el mundo
con su luz hermosa.

Cuando la mañana pintaba el cielo
de rosado y amarillo,
Doña Luna regresaba a su cueva.
Allí tenía su cama grande y cómoda.

Pero un día, le esperaba una sorpresa.
Tortuga dormía en su cama.

—¿Qué haces tú aquí?—le preguntó Doña Luna.

—Tomando una siesta, Abuelita—, contestó Tortuga.

—No puedes dormir aquí.
Tengo sueño y quiero descansar—dijo Doña Luna—. Sal de mi cama.

Así es que Tortuga se bajó de la cama y salió despacito.

Doña Luna se acostó y pronto se durmió.

Cuando la noche vino de nuevo,
Doña Luna subió otra vez al cielo.
Llena y redonda, bañaba el mundo
con su luz hermosa.

¿Pero qué fue lo que vio cuando regresó
a su cueva en la mañana?

Tortuga estaba de vuelta
y ahora había dos.

—Tortuga, tú y tu amigo tienen que irse—
dijo Doña Luna.

—Pero Abuelita—
dijo Tortuga—,
tu cama es tan grande y cómoda.

—No pueden dormir aquí.
Tengo sueño y quiero descansar—,
dijo Doña Luna—.
Salgan de mi cama.

Así es que las dos tortugas se bajaron
de la cama y salieron despacito.

Doña Luna se acostó y pronto se durmió.

Otra vez vino la noche y ella subió al cielo.
Llena y redonda, Doña Luna bañaba el mundo
con su luz hermosa.

¿Pero qué fue lo que vio cuando regresó
a su cueva en la mañana?

Tortuga estaba de vuelta
y ahora había tres.

—¿Otra vez?—preguntó Doña Luna.

—Nos gusta tu cama grande y cómoda—dijo Tortuga.

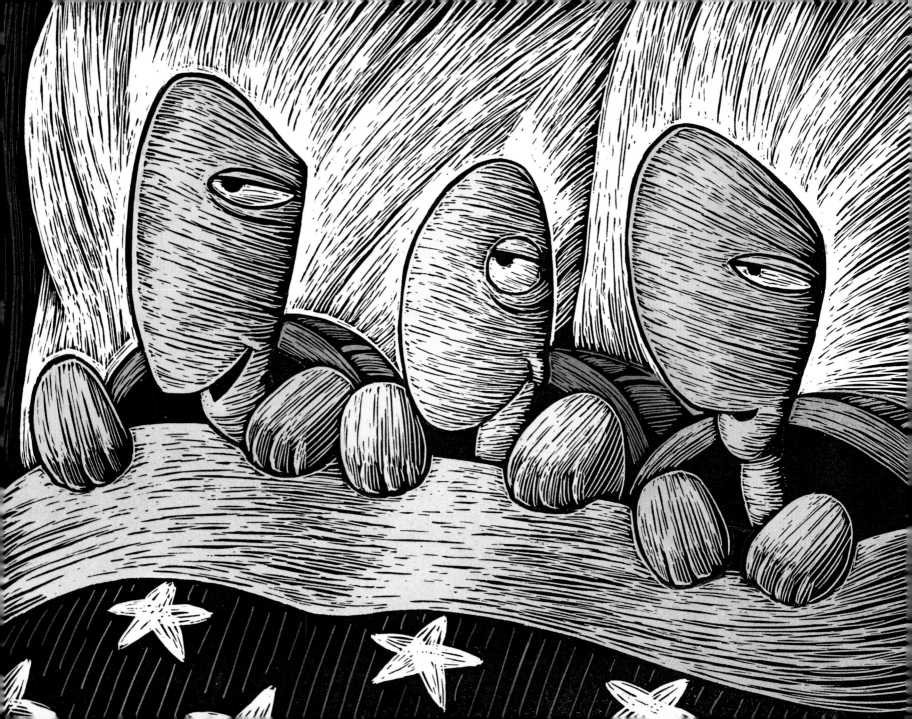

—No pueden dormir aquí.
Tengo sueño y quiero descansar—dijo Doña Luna—.
Salgan de mi cama.

Así es que las tres tortugas se bajaron de la cama
y salieron despacito.

Doña Luna se acostó pero no pudo dormir.

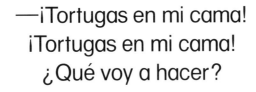

—¡Tortugas en mi cama!
¡Tortugas en mi cama!
¿Qué voy a hacer?

Doña Luna le pidió a Chac,
el dios de la lluvia,
que la ayudara.
Juntos acordaron un plan.

Mientras ella salía en la noche,
Chac velaba su cama.
Tortuga y sus
amigos no regresaron.

Pero una noche,
los cuatro vientos vinieron
silbando a la cueva.
Traían un mensaje para Chac.

—¡Tienes que irte!—silbaron—.
Viene una tormenta.
¡Debes de traer la lluvia!
Entonces los vientos se llevaron a Chac.

¿Y qué fue lo que vio Doña Luna
cuando regresó a
su cueva en la mañana?

Tortuga estaba de vuelta
y ahora había cuatro.

—¡Váyanse! No pueden dormir aquí.
Tengo sueño y quiero descansar—
gimió Doña Luna—.
Salgan de mi cama.

Así es que las cuatro tortugas se bajaron
de la cama y salieron despacito.

Doña Luna ni intentó
acostarse.

Sus preocupaciones llenaban la cueva.
Zumbaban como insectos.
No la dejaban descansar.
Corrió de un lado a otro hasta
que cayó hecha pedazos.

Mientras recogía sus pedacitos,
se le ocurrió una idea estupenda.

—Esta noche voy a enviar sólo
un pedacito de mi forma al cielo.
El resto se quedará aquí en la cueva,
cuidando mi cama.

Aquella noche, por primera vez,
la luna no era más que
una sonrisa de plata en el cielo oscuro.

La siguiente noche, Doña Luna envió
otro pedacito de su forma al cielo.
Luego envió dos pedacitos más.
Luego envió tres pedacitos más.
Finalmente, envió todos sus pedazos
al cielo.
Una vez más, bañó el mundo
con su luz hermosa.

Pero no permaneció llena y redondita.
La siguiente noche, dejó un pedacito de su forma
en la cueva. Luego dejó dos pedacitos más.
Luego dejó tres pedacitos más.
Finalmente, todos sus pedazos se quedaron en la cueva.

Desde entonces, Doña Luna siempre cambia de forma.
Todavía sale llena y redonda una vez al mes.
Aún baña al mundo con su luz hermosa.
Pero, cuando lo hace, le debes advertir:

—¡Tenga cuidado, Doña Luna! ¡Aquí vienen las tortugas!